JN161610

【句歌集】

たんぽぽ／空飛ぶ術

今枝敏子
今枝美知子

花乱社

母を元気づけたいために編んだ親子句歌集です。
手にして下さった皆様にも、たくさんの元気が届きますように。

目次

挿画　若松博隆

たんぽぽ

今枝敏子

初輝き酒なみなみと浚渫船

目を澄まし男の子破魔矢の鈴ならす

初鏡娘の香り残りおり

泰山木の花あたたかく薫るなり

水晶のしずくまばゆき雪柳

運玉をざぶんと呑みし春の海

薄雲を抱きて春の入り日かな

苺買いに夕日の通るあと追うて

木瓜咲いて遠まわりする白い猫

花散るやシャネル五番は箱に冷え

鶯を一人じめして昼餉かな

摩周湖に春のストレスほかしけり

父の果てし緯度にハマナス赤くゆれ

夕凪やほんのり酔いし島あまた

鷺連らね春の土生む耕耘機

花菖蒲水にむらさきの色、落とし

紫蘇もむや母のしぐさの鮮やかに

霧島や山より高き鯉のぼり

結ばれしみくじを跳ねし若葉かな

鯉のぼり赤子がぴょんとよく跳ねる

磯の香やひねもす揺れてダチュラ咲く

日の暈や透かし葉の端に蟬の殻

インコ来てみみずが砂をころげゆく

雲ながれ百日紅はポップコーン

草笛のピーと山を驚かす

葉桜や甲高き声ころげ行く

ほととぎす闇のカーテン揺らしけり

ほととぎす鳴く山ふところにカヌー漕ぐ

牛啼いてぱさりと竹の皮おちる

わっとくる金柑の花の白さかな

初孫を抱いて芙蓉の丘に立つ

子蟷螂交りなき青の衣まとう

木目より秋のひびきのこぼれけり

カラカラと鬼灯の笑う夕べかな

一筋のなぎさに小さき秋拾う

薄霧や宙に浮いたる馬の尻

大熟柿をぽーんと放った入日かな

杉の実のぽとりと雫おとしけり

前掛けでつるりと拭う西瓜売り

父の忌やはちきれそうな白桃買う

石塀に糸瓜ぶらりとちぎれそう

夜明鶏カサブランカの凜と咲く

秋立つや雲にささやく笹の波

明月の静かに渡る誕生日

秋深し地球は丸き犬吠の海

奈良の秋中学生とカレー食ぶ

台湾の人と鹿に語らう秋しぐれ

野ぼたんの花待つ日々や葉の妖し

秋の旅まばたきの間に夕日落つ

白猫の青草を追う良夜かな

しずしずと月下美人のひらく闇

菊人形胸のあたりの菊ゆたか

お十夜の青きお袈裟をいただきぬ

霧島や藁塚の霜に淡き照り

白小菊雲のなみだに枯れはじむ

裸木をすかして潤む夕日かな

海鳴りや牡蠣むく軍手の黒光り

しじみ蝶くるおしく舞う御門跡

どっぷりと樹海に沈む寒夕日

すとーんと落椿姿くずさざる

終戦の日、福岡の女学校の四年生だった私は、校庭で終戦の放送を聞き、学校の講堂に駐屯していた軍隊（小隊）の武装解除まで見てしまったのです。教室にもどった私達は、言葉もなくすすり泣くばかりで、教壇のモンペ姿に髪を束ねた梅崎先生の眼鏡の奥の大きな瞳も涙で一ぱいです。ふと黒板のチョークの音に顔をあげると、

踏まれても咲くたんぽぽの匂ひかな

の一句でした。横に立たれた先生の、顔一ぱいの苦しそうな笑顔を今も忘れることは出来ません。この一句によって動員学生徒から、素直に女学生にもどることが出来、敗戦による様々な波も乗り切ることが出来たような気がします。

終戦から五十年近くなろうとしている今、道路はすっかり舗装され、たんぽぽも余り見かけなくなり淋しくてなりません。

このような平和な時代に育った今の学生達は、「たんぽぽ」の一句をどのように受け止めるでしょうか。

婦人の家（市のカルチャーセンター）の「俳句講座」には何の迷いもなく飛び込みました。この時から素晴らしい山下淳先生の御指導を受けることができました。先生の教えのように、素直な気持で感動を十七文字に残し、生きる証に致したいと思います。

今枝敏子

（野ぼたん合同句集より）

空飛ぶ術

今枝美知子

春に立ち止まる

白々の後赤々と映え出でし海をすすりて初日昇れり

苦も楽も過ぎし日にありそのすべてするりと脱ぎて初日を迎える

片方のねじ緩みたる椅子のあり小さき春のカタリと揺るる

春光を残さず吸い取り浮かびおる黒鳥のくちばし灼熱の赤

一斉に「犯人はあっち」と指をさす空き地のつばなの穂のもわもわ

夏に揺れる

両の手で受け止めし風のひとひらをアイスキューブにして夏待てり

夏来たりセンターゾーンの並木よりペガサスになり青空(そら)に跳び立つ

石の上泡の中へと亀子亀甲羅に羽根を畳み隠しぬ

追い風を確かめたくて振り返る目の前に海隙間なく海

船ひとつ水平線より湧き立ちぬ傍らに夢拾いたる友

投げられて弧を描けない麦藁の帽子に夏の窪み残れり

君の声梢をかけて届く時木の精が声を変えぬか心乱るる

カドニウムイエローという毒を買い求む溢れ満つ陽を描かむために

両の手をぐんと伸ばしてシャツ干せば雲なき空のプールに飛び込む

入道雲を見上ぐる空の雲の間に確かに見えたるジャックの腕が

書き記すと虫の工作　虹立つ空を夕日見上ぐる

ストローできゅんと吸い取る泡のごと麦藁帽子の夏は終わりぬ

早朝に鳴くひぐらしの狂おしき蟬時雨にも混じらぬ淡さ

秋に寄り添う

陽だまりの眩しさ掬いて撒き散らす風の背中に秋隠れおり

クフ王のデスマスクのごと横たわる蟬の背中に飛べる翅なし

満月か紙風船かクッキーか　砕いて丸めてまるっきりの丸

窓ガラスに亀の模様のくぼみ降り輪郭のなき月の横切る

半月の後の緩き影にこそ杵抱えたるうさぎ飛び乗れり

人魚姫を創りし泡の粒達が光りて降り立つ月影の道

小首振り赤き花々ささやきぬ彼岸はここぞと立ちており

柿の木の角を曲がれば雨上がり道いっぱいに夕日待ちおり

冬に佇む

水盤に白菊の花ひとつだけ冬の始まる雲のだんまり

雀来て番の鳩来てカラス降る小さき池の朝風呂の順

雨上がりまだら顔のパンジーをまだらの猫のツンと横切る

瞬ける星影達は輪切りにす光の束で我を見下ろす

隔たる

富士の山裾野を隠して空に立つ翼をつけた雲が振り向き

ガラパゴス諸島の石と並びたる桂浜の石窓辺にまどろむ

朽ち果てたアユタヤ遺跡と向き合えば陰干しの袈裟ふうわりと揺らめく

川の面に身を映しつつ若葉には影を転がす熱気球「有頂天」

海を吹き山へ届けと海幸彦　波頭を伸ばし等高線を引く

作りながら

明け方の夢の続きを初夢に決めてしまおう朝粥の白

母もまた買い求めたる七つ草　ほとばしる色エメラルドグリン

ジャズピアノ蛇口の水の音邪魔もせず高野豆腐のアク沁み出づる

ベリー煮るふぞろいの泡の傍らに揺るるるグールドのトルコ行進曲

こくこくと鋼に重なる錆のごと煮溶くる梅をチェロの音包めり

固茹での卵の殻の剝がれ散り不定形に思い残れり

さらさらと鍋に吾の影落としつつ鶏ガラを煮てます大つごもりに

想う

週末の君と逢う道助手席に夕日を乗せて海へと向かう

やさしさというフィルターで君を見る無色透明の君を見る

君の影丸く貰いて佇めば筍の葉に問いかけられる

パソコンにも輪廻のあるか「終了」はスタートボタンの中に宿れり

二つ三つと黒に変わるるゲームする待つことなく待つ電子メール

今更に愛は永遠かと問わしむる残像のなきパソコン画面

送られて別れし後の夜空には星座になれぬ星の瞬けり

手鏡を失いしまま波間に立ちすくむザラザラとしか好きになれない

淀　む

坂口弘歌稿集を読み終えた直後に
記事を追いカップ持つ手は留まりぬ無期懲役と死刑の間に

久々に会いたる人を戦友と思えり今のあめつちに生きて

白絵の具一滴落とせる水のごと百合咲く日なり被爆者検診

甥の術後に詠う

鶏ガラとレバーをとろとろ煮る夜に「非加熱」投与の病院公表

終戦記念の日

戦争が歴史の記号と化する日の淡き命よクラゲ漂う

参拝の影あちこちに散らばりて蟬は昨日と変わらずに鳴く

戦没者への黙とうも晩鐘の祈りも夕べのひまわりに似る

短冊を浮かぶるごとき水面には小さき泉の吐く息惑えり

左右よりサクラサムライニッポンとカタカナ密かにいくさへ誘えり

ある時

夏至の日に転校生あり向日葵は俯きしまま蕾を持てり

天空の部屋より降りて登校す四角の雲と雨粒を持ちて

立ち止まり子燕のごと空喰らう身寄せパカンと歩道に五人

木造の二棟の校舎を掛けし廊に並びて見上ぐる「先生、虹！」

その結果いじめになると問い正す子どもも我も涙ながらに

放課後に一人残りて板書せし「立春」を消し春の始まる

通知簿を書く手休めテレビ見ゆる加奈ちゃん似なる吉祥天を

院生を詠う

7階と8階建てのビルの間に金星ひとつただ一つあり

掛け声もホルンの響きも消え入りし研究室は空に浮かびおり

一頁捲る毎に私は地球の薄皮剝ぎ取っている

柔らかく机上に置けるマグカップを本棚の向こう深夜の院室

時を刻む

背を向け佇む姉に似し人を目で追う癖あり夢に出会いて

わたくしの体は涙の縁どるる細胞(セル)で創られし生きることとは

手折らるる白百合の花は揺れながら弔い人の背に寄り添えり

死をもって何を伝えくれるのかいつでも笑みで迎えし君は

余韻をもたぬ真っ青な空　孤独とはひとりぼっちのことじゃない

現実が広げたる包み伸び縮み覆い隠すか不安という名

一筋の黒髪手先に絡まりて捕れぬ解けぬ我の我（が）のあり

躓きて倒るる気楽さよろめきて転ばぬ悲しさ影は同じに

不自然な自然も自然の営みにありと思えり瑠璃色模様

汝には汝のあるかと問わしむる飛行機雲の薄きもわもわ

「心の中に居る」なんて言うものか　オリーブの枝を探しているだけさ

苦悩という土より生まるる筋肉の捻じれし姿ロダンと会えり

空色の目をもつ猫はモディリアニのアンニュイ知るか永遠を知るか

青色のかけらで遊ぶ猫ありき「ナォ」と鳴きて絵の中に消ゆ

この器宇宙の色なりある時はステゴザウルスも仰ぎし空の

おばあさんと子猫の営む食堂に今は作らぬメニューのありき

港の西小鳥屋の横にあるという空飛ぶ術の本を売る店

あとがき

一親子の句歌集を手にしていただき、ありがとうございます。

母は、三十余年前から俳句に没頭するようになりました。その当時の母は、育児も一段落し、戦中・戦後の青春を取り戻すかのように連日カルチャーセンターに通っていました。私はちょうど二十年前から知り合いの所属していた短歌の会に入り、月一回の歌会で短歌の面白さに目覚めました。折りしも、俵万智さんの『サラダ記念日』が脚光を浴びて現代短歌が盛んになった頃で、敷居の高かった和歌の世界に、すんなりと足を踏み入れることができました。

それぞれの作品を並べてみると、創作の視点や発想の時点で共通項も多いような気がします。それは、私が、いちばん身近にいた母からの影響を受けているからでしょう。

母は、日々の生活の中で、母も小さい頃見聞きしたであろう所作や話を、私にも伝えてくれました。

「お彼岸の夕日はぐるぐる渦巻きながら沈んでいくのよ」

「猫が急にいなくなるのは、猫山に修行に行くからだよ」

「お盆には地獄の窯が開くから、魚釣りに行ったらいけないからね」

「大陸の夕日はものすごく大きいよ」等々。

そして、「歌を忘れたカナリア」をよく口ずさんでいました。

季節のうつろいに佇んでは、二十四節気のことや言い伝えなどの話をしてくれた母は、自然のおおらかさと共に小さきものの営みや面白さに目を向けることを教えてくれたようです。

本句歌集は、一親子のこのような共通項にもお気遣いいただくと、より楽しくご高覧いただけることと存じます。また、高齢のため車椅子生活になった母を元気づけようと試みたことではありましたが、たくさんの方々へのエールになれば幸いです。

出版に際しましては、今までお世話になりました故山下淳先生主催の「野ぼたん句会」、その後の自主句会の皆様、そして「心の花」・短歌工房「とくとく」の伊藤一彦先生や皆様に、深く感謝申し上げます。

また、両親の介護に携わっていただいている方々、私たち家族を温かく支援して下さる皆様に、この場をお借りして心から感謝の意を申し上げます。

最後になりましたが、挿絵を快諾して下さいました若松ご夫妻、出版まで温かく導いて下さいました花乱社の皆様、本当にありがとうございました。心より厚くお礼申し上げます。

二〇一四年十二月

今枝美知子

追伸

母敏子は、出版を待たず、編集途中で永眠いたしました。空の上で受け取り、読んでくれているものと思います。

今枝敏子（いまえだ・としこ）
福岡市に生まれる。
満州に移った後、福岡市香椎に帰り終戦を迎える。
結婚後、間もなくして宮崎市に移住する。
一九八二年より「野ぼたん」に入会し俳句を始める。
一九九四年、合同句集『野ぼたん』を出版する。

今枝美知子（いまえだ・みちこ）
宮崎市に生まれる。
一九九四年より「心の花」、「歌工房とくとく」に入会し、寺山修二の短歌の世界に影響されながら短歌を作り始める。
宮崎市内の小学校教諭。

句歌集（くかしゅう） たんぽぽ／空飛ぶ術（そらとぶじゅつ）

❖

2015年1月10日　第1刷発行

❖

著　者　今枝敏子・今枝美知子

発行者　別府大悟

発行所　合同会社花乱社

〒810-0073 福岡市中央区舞鶴 1-6-13-405

電話 092(781)7550　FAX 092(781)7555

印刷所　シナノ書籍印刷株式会社

製本所　株式会社積信堂

[定価はカバーに表示]

ISBN978-4-905327-41-7